U0035571

向明截句：四行倉庫

向明 著

截句詩系01

臺灣詩學 25 週年 一路吹鼓吹

【總序】
與時俱進・和弦共振
——臺灣詩學季刊社成立25周年

蕭蕭

華文新詩創業一百年（1917-2017），臺灣詩學季刊社參與其中最新最近的二十五年（1992-2017），這二十五年正是書寫工具由硬筆書寫全面轉為鍵盤敲打，傳播工具由紙本轉為電子媒體的時代，3C產品日新月異，推陳出新，心、口、手之間的距離可能省略或跳過其中一小節，傳布的速度快捷，細緻的程度則減弱許多。有趣的是，本社有兩位同仁分別從創作與研究追蹤這個時期的寫作遺跡，其一白靈（莊祖煌，1951-）出版了兩冊詩集《五行詩及其手稿》（秀威資訊，2010）、《詩二十首及其檔案》（秀威資訊，

2013），以自己的詩作增刪見證了這種從手稿到檔案的書寫變遷。其二解昆樺（1977-）則從《葉維廉〔三十年詩〕手稿中詩語濾淨美學》（2014）、《追和與延異：楊牧〈形影神〉手稿與陶淵明〈形影神〉間互文詩學研究》（2015）到《臺灣現代詩手稿學研究方法論建構》（2016）的三個研究計畫，試圖為這一代詩人留存的（可能也是最後的）手稿，建立詩學體系。換言之，臺灣詩學季刊社從創立到2017的這二十五年，適逢華文新詩結束象徵主義、現代主義、超現實主義的流派爭辯之後，在後現代與後殖民的夾縫中掙扎、在手寫與電腦輸出的激盪間擺盪，詩社發展的歷史軌跡與時代脈動息息關扣。

臺灣詩學季刊社最早發行的詩雜誌稱為《臺灣詩學季刊》，從1992年12月到2002年12月的整十年期間，發行四十期（主編分別為：白靈、蕭蕭，各五年），前兩期以「大陸的臺灣詩學」為專題，探討中國學者對臺灣詩作的隔閡與誤讀，尋求不同地區對華文新詩的可能溝通渠道，從此每期都擬設不同的專題，收集專文，呈現各方相異的意見，藉以存異求同，即使2003年以後改版為《臺灣詩學學刊》（主編分別為：鄭慧如、唐捐、方群，各五年）亦然。即使是2003年蘇紹連所闢設的「臺灣詩學．吹鼓吹詩論壇」網站（http://www.taiwanpoetry.com/phpbb3/），在2005年9月同時擇優發行紙本雜誌《臺灣詩學．吹鼓吹詩論壇》（主要負責人是蘇紹連、葉子鳥、陳政彥、Rose Sky），仍然以計畫編輯、規畫專題為編輯方針，如語言混搭、詩與歌、小詩、無意象派、截句、論詩詩、論述詩等，其目的不在引領詩壇風騷，而是在嘗試拓寬新詩寫作的可能航向，識與不識、贊同與不贊同，都可以藉由此一平臺發抒見聞。臺灣詩學季刊社二十五年來的三份雜誌，先是《臺灣詩學季刊》、後為《臺灣詩學學刊》、旁出《臺灣詩學．吹鼓吹詩論壇》，雖性質微異，但開啟話頭的功能，一直是臺灣詩壇受矚目的對象，論如此，詩如此，活動亦如此。

臺灣詩壇出版的詩刊，通常採綜合式編輯，以詩作發表為其大宗，評論與訊息為輔，臺灣詩學季刊社則發行評論與創作分行的兩種雜誌，一是單純論文規格的學術型雜誌《臺灣詩學學刊》（前身為《臺灣詩學季刊》），一年二期，是目前非學術機構（大學之外）出版而能通過THCI期刊審核的詩學雜誌，全誌只刊登匿名審核通過之論，感謝臺灣社會養得起這本純論文詩學雜誌；另一是網路發表與紙本出版二路並行的《臺灣詩學·吹鼓吹詩論壇》，就外觀上看，此誌與一般詩刊無異，但紙本與網路結合的路線，詩作與現實結合的號召力，突發奇想卻又能引起話題議論的專題構想，卻已走出臺灣詩刊特立獨行之道。

臺灣詩學季刊社這種二路並行的做法，其實也表現在日常舉辦的詩活動上，近十年來，對於創立已六十周年、五十周年的「創世紀詩社」、「笠詩社」適時舉辦慶祝活動，肯定詩社長年的努力與貢獻；對於八十歲、九十歲高壽的詩人，邀集大學高校召開學術研討會，出版研究專書，肯定他們在詩藝上的成就。林于弘、楊宗翰、解昆樺、李翠瑛等同仁在此著力尤深。臺灣詩學季刊社另一個努力的方向則是獎掖青年學子，具體作為可以分為五個面向，一是籌設網站，廣開言路，設計各種不同類型的創作區塊，滿足年輕心靈的創造需求；二是設立創作與評論競賽獎金，年年輪項頒贈；三是與秀威出版社合作，自2009年開始編輯「吹鼓吹詩人叢書」出版，平均一年出版四冊，九年來已出版三十六冊年輕人的詩集；四是興辦「吹鼓吹詩雅集」，號召年輕人寫詩、評詩，相互鼓舞、相互刺激，北部、中部、南部逐步進行；五是結合年輕詩社如「野薑花」，共同舉辦詩展、詩演、詩劇、詩舞等活動，引起社會文青注視。蘇紹連、白靈、葉子鳥、李桂媚、靈歌、葉莎，在這方面費心出力，貢獻良多。

臺灣詩學季刊社最初籌組時僅有八位同仁，二十五年來徵召志同道合的朋友、研究有成的學者、國外詩歌同好，目前已有三十六位同仁。近年來由白靈協同其他友社推展小詩運動，頗有小成，2017年則以「截句」為主軸，鼓吹四行以內小詩，年底將有十幾位同仁（向明、蕭蕭、白靈、靈歌、葉莎、尹玲、黃里、方群、王羅蜜多、蕓朵、阿海、周忍星、卡夫）出版《截句》專集，並從「facebook詩論壇」網站裡成千上萬的截句中選出《臺灣詩學截句選》，邀請卡夫從不同的角度撰寫《截句選讀》；另由李瑞騰主持規畫詩評論及史料整理，發行專書，蘇紹連則一秉初衷，主編「吹鼓吹詩人叢書」四冊（周忍星：《洞穴裡的小獸》、柯彥瑩：《記得我曾經存在過》、連展毅：《幽默笑話集》、諾爾・若爾：《半空的椅子》），持續鼓勵後進。累計今年同仁作品出版的冊數，呼應著詩社成立的年數，是的，我們一直在新詩的路上。

檢討這二十五年來的努力，臺灣詩學季刊社同仁入社後變動極少，大多數一直堅持在新詩這條路上「與時俱進・和弦共振」，那弦，彈奏著永恆的詩歌。未來，我們將擴大力量，聯合新加坡、泰國、馬來西亞、菲律賓、越南、緬甸、汶萊、大陸華文新詩界，為華文新詩第二個一百年投入更多的心血。

2017年8月寫於臺北市

【自序】
詩的「無常」

向明

「無常」本乃佛家的用語，意謂世間一切剎那間即有「生・住，異・滅」之變化，六祖壇經且有「生死事大，無常迅速」之感慨。在文學上，若論「無常」，詩是最不安份的一種文體，尤其自從推翻歷經無數「無常」變革而成為經典的舊詩，一躍而成為所謂「新詩」或「自由詩」以後，就詩體或形式而言，可謂已達「瞬息萬變」的境地，更侈言「以內容來決定形式，有什麼樣的內容，就有什麼樣的形式」。因此，所謂自由詩，每個詩作者都會對自己的詩，作出獨特的自由形式，詩的形式變化多端，是當今詩的普遍面貌。

我也是一個詩的自由主義信奉者，從來不為任何教條主義所景從馴服。也極力贊同詩應有各種可能不同的嘗試實驗，詩的火種在無盡藏的潛能中有待多作發掘，這樣詩才會呈現多姿多彩的進步。不過我一直信奉一個原則，即不論怎樣的無常變化，也即在「詩」字的前面加上任何指示形容詞，以示那首詩的屬性或歸類，但那仍應是「詩」，而不光是前面加上去的那個形容詞。如果說那是一首「情詩」，我不希望光是一堆濫情的詞語，而根本不見詩的蹤影。

即以我們所推行的「截句詩」而言，這本也只是無盡藏中發現出來可能嘗試的一種，確切定義，即是這類詩是一種極簡的建構，有時甚至只有一行，但那一行仍應具詩的本質，而不是一句廢話或一則口號，甚至格言、銘語，這類「截句詩」其實是詩太冗長敘述，或過於作意象追求造成詩遠離人世生活所作的反動。此風首倡於大陸詩壇的中堅份子，大陸過去推行已久的「微型詩」也即現在所謂「截句詩」的先行者。其實我們在臺灣作詩的評審時，也常常會發現某些詩寫得過長，且詩質薄弱，以至我們會認為不如截取其中較精彩的三兩句即已足夠。同時所謂的「截句詩」也並非傳統的「絕句」，傳統的五七言絕句是一種設計完滿的有機結構體，尚有音韻格律的多種限制，王荊公認為「五七言絕句字少而難工」。即知其創作之不易，何況在毫無圍限章法可憑依下所產生的「截句」詩。

我曾對詩的形式作過多種不同的嘗試變化，在我的幾本詩集中，曾創作三行，四行，五行，六行各種形式的組詩，四行中有二個兩行分列的四行，六行組詩中也有四行加二行組成的六行。旨在固定形式中也產生一些不同的變化，即使四行已分成兩段，但其間意並未斷，仍係有機的聯繫，是一首圓融整體的詩。這本詩集中的二百二十多首詩，除極少係將短詩截去枝葉形成四行規格的「截句」外，其餘全係原汁原味的原創四行詩，妻女戲言像詩的「四行倉庫」，遂以此為作為書名。另外在最後附錄了一段文字，在一次整理三行體的組詩時，無意中誤觸電腦一鍵，竟將整組詩中每一首的第二行delete掉，形成全係極簡的二行體；當時我很憤怒，以為付出心血全將白費，待定下心來仔細檢查，發現那整組詩雖全已失去第二行；但對每首詩的意涵毫髮無損，反而更形含蓄，更具張力，可見詩仍可整形美容的，更可修剪截枝，是以「截句詩」也有它的存在價值。

2017年6月15日

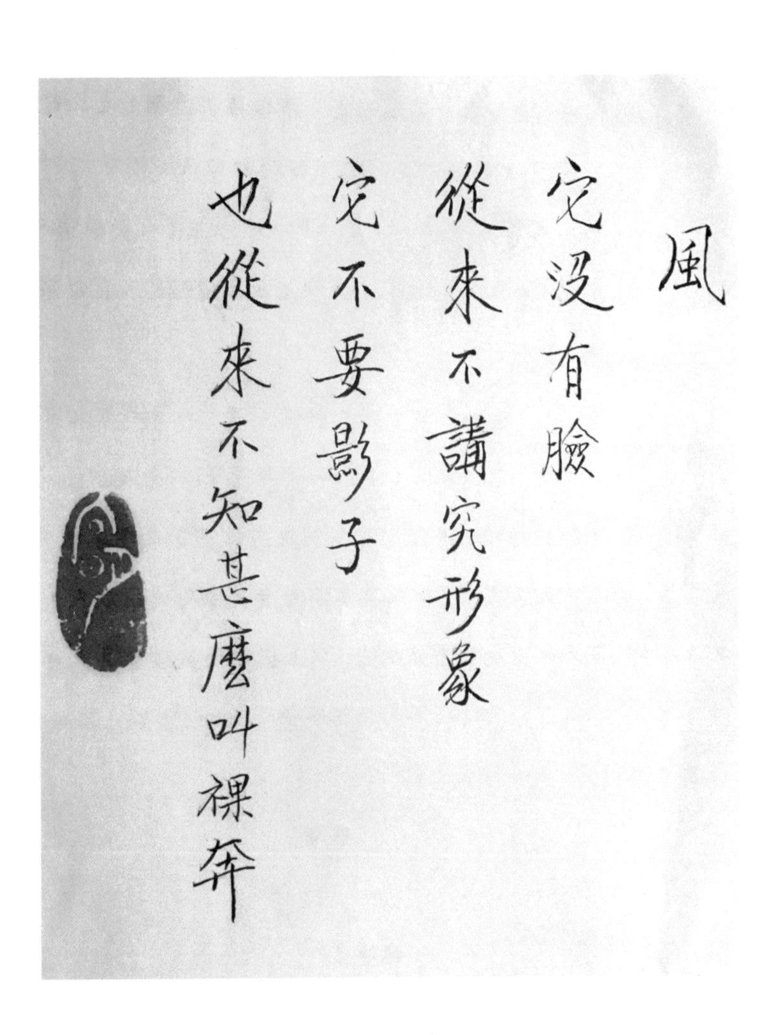

風

它沒有臉
從來不講究形象
它不要影子
也從來不知甚麼叫裸奔

花

不妨試着開出一種花
要耐酸鹼
要抗高溫
不凋殘於冰冷小手親吻

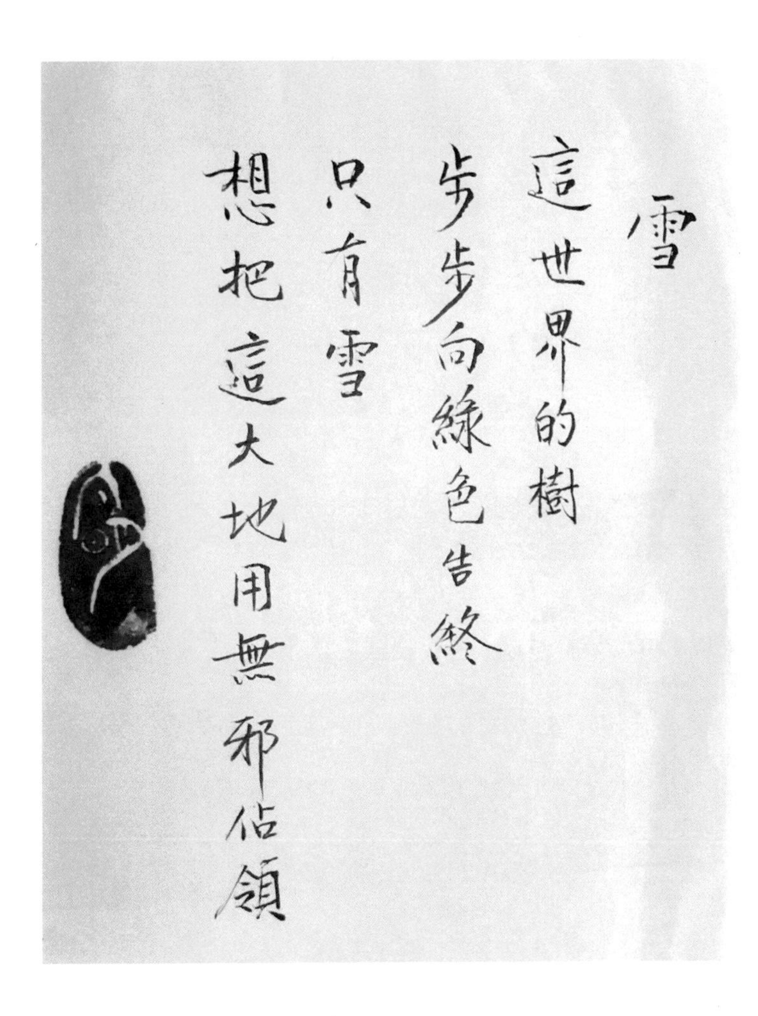
雪
這世界的樹
步步向綠色告終
只有雪
想把這大地用無邪佔領

月

不管你瞇着笑臉
想說些什麼
看不到的地方
做愛的做愛，火拚的火拚

目　次

輯二 瞬間

輯三 碎葉聲聲

輯四 七孔新笛

輯五 播種

輯六 附錄　詩變

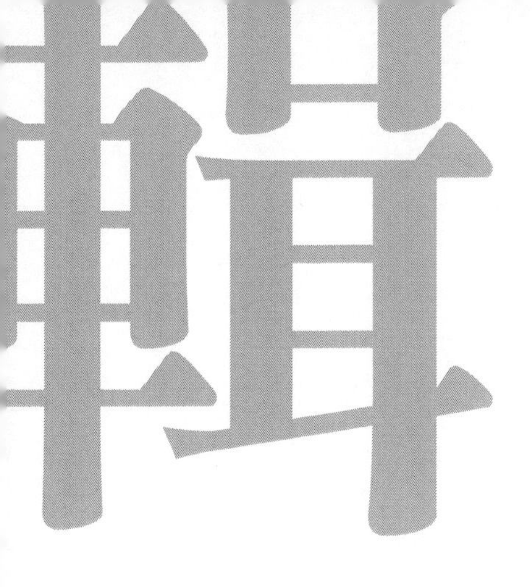

星沙輯

門

讓可憐的盆景驕傲室內的優遇吧
種子的兩扇綠扉是要開向風雨的
關不住的呀！當歌鳥輕啄銅環的時候
關不住的呀！當春雷吆喝起程的時候

燈

窗外悄來的夜色把我的憤怒逼燃了

擁一木屋我有透視宇宙的目力

你渺小的燭光不要哭泣呀

在另個星系裡我們是視為同體的

雨聲

童話王國的嬉遊，奧林匹斯的馳騁
繆斯的約會，都為你的訢怨而否定了
還想以說服來擾亂我與影子的共舞
小木屋的琴聲早已宣稱不屑與你交響

給F

真如海邊那磷岩古怪而突兀嗎
不的，只是懷鄉症患者愛噤聲
友情是堅韌游織交織的經緯
能網住距離，不會斷於離別

家

星的眼永不疲憊，她有白晝的溫床

流水的歌最甜，正趕赴大海母親召喚

風這流浪漢最悲哀了

爬山越水亂跑，故居丟在相反方向

窗

土牆上孤立的窗是懷念者呆意的嘴
不喚住雍容華貴的雲，誘惑長髮的雨
煩燥時，把鄰家解意的笛音迎過來
高興時，把心靈的口哨吹出去

車

通往花谷的欄柵被看守的頑固落鎖
幸福的窄門卻又與我的體位成反比
這車便有著甲蟲誤落盆底的困惑
有著兜不完的圈子，爬不過的陡峭

筆

不是牧鞭，揮不來牧羊女銀鈴的淺笑
不是蘆笛，和不上秋天悲哀的交響
冰冷的木屋裡筆是一支銀亮的燭光
趕走自大的夜，把小蟲子的意志燃亮

溪

溪流是大地的脈絡，源自高遠血系
哼著行吟者的歌，懷著海的嚮往
愛以淡然一笑遣走小石子的牽絆
無理的攔阻也會惹來憤怒的氾濫

音樂

春之晨了，請魔笛不要故弄幽怨
引頸伸望的喇叭要扔掉哭泣奔向廣塲
龍騎兵的步子已喚醒天方夜譚的囈語
低啞的夢幻由將淹沒在聖樂的交響

釋

貼金的讚美不要，風可將它腐蝕
摻色的頌歌不要，時間會將它遺忘
帶繭的粗手沒有夢過女王的親吻
偉大的建造裡是一名默默的工匠

橋

時間堆砌我，成就在時間的指尖
橫陳著硬朗的身子，將世紀渡口啣上
跨下的河床似我，坦胸疏濬
歷史馱著希望從這裡行向遠方

三月七日

今天，春把飾物施予每個生命

今天，春曾旁觀一棵綠樹的夭斬

小白馬的騎者已從此泣別晨間風景

詩的噴泉將永遠代訴他的憤懣

山與雲

沒人發掘，一切都冷凝於久遠

沒人勘測，記憶已植根於千年

你盛裝的過客，按不下匆忙的步子

別扭身假裝瞭解，憂鬱實非信念

小店

有看炊煙的小店是旅人暫歇的家
那撲鼻的飯香，那招待的溫情
我們也該有座小店在路的盡頭了
囊中的口糧已罄，蹄鐵已經磨損

悼Y

古老的沙原上，你是陷落時間殘堡
我是木訥的征人，同有被強制悲憤
昨日，瘦弱的你是戍守邊境的英雄
今天，除了風沙，沒人為你歌頌

安魂曲

你當驕傲，喇叭已把沉睡的五月吹醒
你當含笑，歌聲已招來妒忌的死神
你的故事將與汨羅江的聖者永遠同在
大合奏裡，你是首個響起催征的鼓音

註：以上各詩創作於1956年2月至6月均刊《公論報・藍星週刊》。

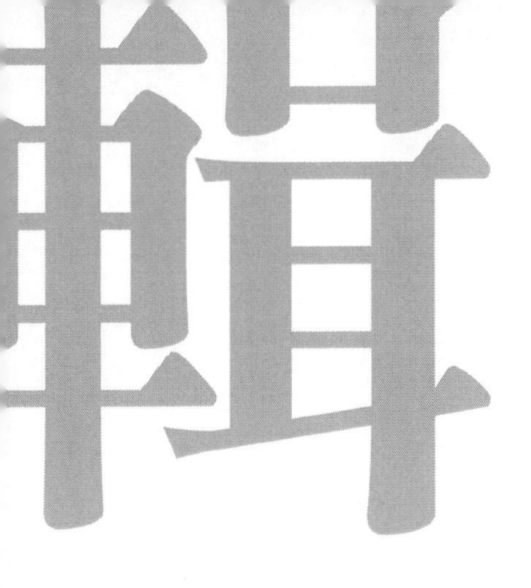

二

瞬間

〔四行體〕
三十五首

一

窗檯上佇立的一隻蝴蝶

沒有看出我有點驚慌

那斑斕，瞄準著我

子彈樣在眼前射穿

二

風一來，這朵花
就和那朵花，你推我擠
佔住一個好點的角度吧！
最好，將來能雨露均沾

三

不停的摩擦自己，像打火機

用姆指一捺，再用力捺

一定要捺出一點火苗來

一定要點出一盞光明來

四

肯定誰又在我體內
作置入性行銷
只一眨眼，腦頁的夾層內
多一大捆消化不了的詩稿

五

這一刻是我們王國的復興

一群燕子高踞屋簷發聲

我不敢說那裡也是我的領土

因有人控我也是化外之民

六

怎麼爬上來的呢？這五樓
一隻背著屋頂流浪的蝸牛
怎麼爬上來的呢？這五樓
滿都是趴著的書，給誰讀？

七

終於把那失聲的古琴弄響了

聾子說，你會後悔的

啞了就啞了，據說

續弦的聲音會充滿著哀怨

八

很多很多都突然非常熱鬧

寂靜的僧房不再穹遼

然而，小僧說要遠離三界

乾脆念三藐三菩提禱告

九

抽出一張另一張又已露臉

寫詩真像抽取衛生紙樣方便

那上面的字又彷彿聲音相同

師哥說適合寄給歇業的詩刊

十

詩能使世界起死回生嗎？

問落葉，回以焦黃的臉

問春花，不屑地瞄我一眼

我知道這是神也無能為力的事

十一

沒人相信，誰會相信

靈魂裡都預藏著一大片沙漠

那兒的乾燥

是我們永不腐朽的寂寞

十二

如果寫出一部書

上面沒有一個字

多好。盲者和弄臣都會說：

「這片版圖，寶藏多豐富！」

十三

聒噪了半天之後
一群麻雀便星散了
什麼結論也沒有
除了一地的污穢和腳印

十四

限水，限電

限時，限建

一切都限死以後，沙漠

才會冒出那麼多仙人掌

十五

有人放款到明月

有人投資在青空

有人兩手空空的賒賒欠欠

有人就卡在欲念的窄門

十六

水深魚影少

風淡漣漪生

會唱歌的黃鸝鳥兒呵！

常浪漫在小小的籠中

十七

月亮上獨居的那女人
總透過防盜窗向我打聽
那些向上硬挺的煙囪
何時會不舉？

十八

洋蔥刺眼的下午
看台上奸巧表演的下午
101摩天樓傾斜的下午
老婆婆偷吃廚餘的下午

十九

如何進行蟻穴的人口普查

如何測出蚯蚓地道的溫濕

如何節制滑鼠對人工智慧的凌虐

如何回答基因改造弱化造物的指控

二十

黑夜說我已把黎明吐出來了
從此你們要進行修補陰影
白晝卻把太陽巨獸放了出來
讓黑暗只能在隙縫中生存

不要和我們奢侈談慵懶

熄燈後，黎明前

衲衣抖落時

仍會爆出我們激情的叫喊

二十二

我們也曾拋出了一些語言

我們也曾飛出了一種姿勢

仍有人詰問，鷹，是哪一路英雄

練武當，還是，專攻少林

二十三

落葉朝著秋風嗆聲

你還在找尋什麼？我已飄零

秋風說我仍在尋我春天的夢

落葉含笑的撩衣下沉

二十四

加農炮的射程，絕對優於
手榴彈的射程，吐口水
射精的射程，然威力總小於
恨意比奈米更尖而銳的射程

二十五

我們被他們撞得散落一地

他們立正稍息，向右看齊

他們報數，一二三四五六七

像在數我們失散的豆子兄弟

二十六

詩是海浪滔滔

詩是纖纖細雪

詩是老奶奶陳年的裹腳布

詩是自助餐點，口味任君挑選

二十七

這也是此地的一景

醜又怪的一幀裝置藝術

特意戴上頂詩人帽子

卻正適合鴿子在上頭拉屎

二十八

超越語言，鍵盤，滑鼠
跨越小菌子要長高的微言大志
帶著上帝嘉許的少量恩賜
夢一次免消費的太空小駐

二十九

請別叫我乃寫散記的亨利梭羅
應該問我這會兒怎麼特別囉唆
因我並不坐在幽靜的瓦登湖畔
而是處身叫賣嘈雜的士林夜市

三十

你說你要開始佔領，不斷
透過我已無力的聲帶發聲
其實我的白旗早已豎在髮梢
內部組織早已被你破壞殆盡

你問：「禪在哪裡藏著呀？」
去問夏天盡說「知了」的蟬
忙完爬行懶得答理蛇便進入冬眠
才發現禪蹤就在春秋的樹枝上

三十二

父母官在紙紮的頭上點了一下
他們說那便是開光點睛
在香煙燎繞，一片嘈雜聲中
並沒看出前面春和景明

三十三

決不相信大雪能壓垮我們的脊梁
雖它施以百年未有的能量
但也相信一場雪的洗禮
足以治癒久年難以起身的癱瘓

三十四

誰也無權宣稱這是我的土地
除非山嶽讓開成為平原
除非大海撤走變成綠壤
除非，我們的貪欲抑止釋放

三十五

如果麥子不死那裡去收割地糧

詩人的叮囑仍在晴空響亮

我衰老的餘勇只夠捏死螞蟻

詩的祖國已開始強大掙脫苦難

2008年8月21日

於北京《詩探索》2009第一輯作品卷

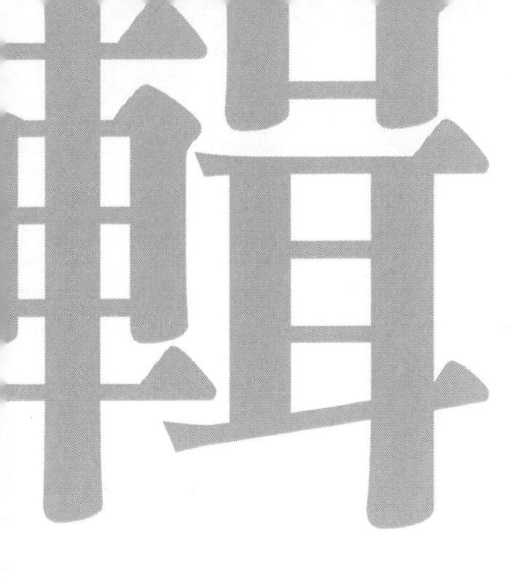

碎葉聲聲

三

一

誰知道

誰是詩的最大剋星

詩人走出書房

只聽到落葉碎身的聲音

二

青天呵

從來也不介意昨夜的不幸

一大清早

還是笑臉迎人

三

驚雷在耳邊囂張了半天
閃電一揮便劈開混沌
歌手被眾人的掌聲高舉
詩人躲在角落黯然傷神

四

只要路中間有人失控
周邊全擋在外面塞車
世人呵！這是誰說的
每個人都可以是一棵樹

五

五個指頭一張，山山水水
便從掌紋中走了出來
天天洗手
沒聽誰說把水土流失

六

偶像倒了以後

空地上那塊瘡疤又醜又怪

多虧好心的野草

用綠色補了起來

七

小小的一粒扣子喲！

把衣領的兩岸繃得緊緊的

不容風的偷渡

不容雨的滲透

八

榨汁機一開

甜甜蜜蜜就源源而至

有誰知道

渣滓粉身碎骨的過來

九

翻過峰頂的一朵雲

一眨眼就輕鬆地飄走了

他大概懶得跟誰

更無聊的比高

十

挑亮燈火
無非是想全身照透澈些
見不得人的印記
總藏在私處的後面

十一

白天有陽光炙烤汗液
夜晚有黑影重壓全身
上帝版的
一國兩「治」

十二

要學王陽明

枯坐在窗前格竹

風輕輕一吹

所有的竹子就忙著點頭

十三

為什麼要流浪

為什麼會流浪

水邊一直蹲著的石頭

苦思幾千年也沒找到答案

十四

確實不能活得過久
老賊惡名將隨時享有
怎麼樣也看不出來
誰有什麼東西可偷

十五

最怕，最怕

鄰家電吉他無情的撕斬

我那可憐的僅剩歲月阿

都將碎屍階前

十六

不要再向我伸手了

石縫中偷生的一朵小花說

我方寸大的一小點美麗

彌補不了一整宇宙的缺陷

十七

早安！憂鬱

今天為何不和我一同起跑

眼睛剛剛下過一陣雨

脆弱的翅膀淋濕了

十八

為了表現光榮存在過
泡沫不斷膨脹著自己
還沒嚥下第二口痰
就破滅不知剛才在哪裡

十九

小心翼翼舉步學走人生
一直以為是一趟危險之旅
不過遇上一些翦徑的宵小
損失一些不愉快的記憶

二十

到唐詩隨便一首中去避難
出沒在蠹魚悠游的天地
不行啦！行程還沒有走完
在AI的迴路裡沉緬

二十一

向晚登樓先月上

明朝覓句後雲歸

這是在捕捉行動蹣跚的雀鳥

還是採擷一種隱花植物

註：前兩句為畫家陳庭詩題贈的
　　嵌名聯。

二十二

一路走下去，且看泥土
正接受落葉的頻頻回顧
奇怪與顧惜都是多餘
獻身之餘總得身受其苦

註：全部完稿於1993年，
收在《碎葉聲聲》中
英對照詩選集。

七孔新笛

一

夜一靠岸

岸就被黑夜砸碎了

就一支燈塔般

兀自　搜尋

二

歸去的呼聲
自腦後傳來

如果追趕上去的
不是美好的從前

三

打樁機在耳際
重重的懲罰大地

帶傷感的詩
不知從何寫起

四

抓起一把泥土朝空擲去
天空嘲以一陣旋風

蓋住滿頭滿臉的
豈止是只有憤怒

五

果真僅需一葦
可把這茫茫的水域渡過？

顫娓娓的是那被驚恐
壓扁了的薄薄心事

六

該有一種音爆
唰的爆破耳的通道

詩太纖弱鳥的肺活量太小
群樹向來是沉默的大眾

七

如何把路走完
腳說這是他和鞋子的專職

車輪大聲的問
你還存有多少雙鞋子？

註：原詩〈七孔新笛〉收存
在詩集《隨身的糾纏》
1989年作品。

播種

五

宿儒之死

突然，

天色暗了下來

原來

一顆星落了下去

學飲

終於悟出

清醒是一口直墜無阻的深井

惟微醺

始可爽意載浮載沉

可能

晚來欲雪

群鴉止噪之可能

堆他個雪人

眼看他化成一灘死水之可能

生活六帖

一

早晨出門時
妻走在我後面驚慌的說
你的髮梢有秋後葦花的變局
我說未經一戰怎可就把白旗挑出

二

一枝墨盡鋒殘的筆
怎能擲出幾分貝的回聲
而越來越多的噪音證實
一經群聚也會擾人清夢

三

對付一隻犯嘀咕的水喉
只需略施手腳便清靜了
然則怎麼能使自己寧靜呢
身上湧動千百萬條慾望蛆蟲

四

捻亮一盞燈

夜就黑潮似的逃逸而去

就饑渴的忙碌起來了

品唐詩的佳釀，親宋詞的寒玉

五

安靜的一幅秋山夜雨圖
瞪著對面的銅鐘一路輕嘆
而那株兀自展放的迷迭香
時常羞慚得垂下稚嫩的臉

六

天空以各種臉色

示意它的寬容與涵養

癡心妄想的是樹與人

仍伸出乾瘦的勃頸打探

註：以上作品均為1982年
前後作品，原件收存
於《碎葉聲聲》中英
對照詩選。

螢

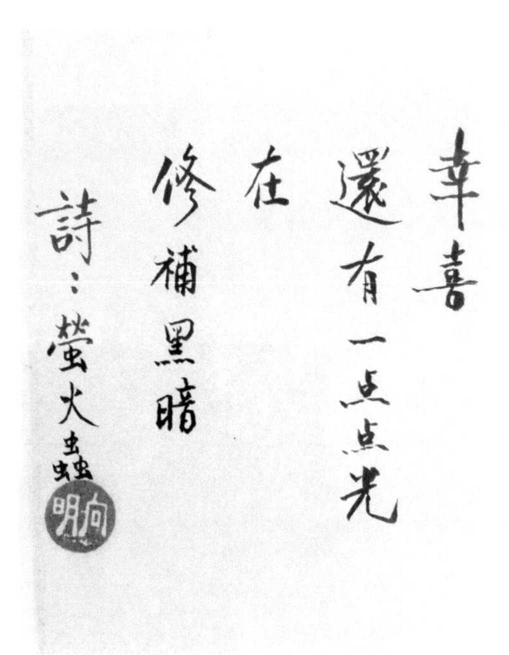

秋天的詩

向嗜食生鮮的清瘦詩人
居然去索一支熊熊的火把
那天天雨，遮了過去的
是他剛削就的濕淋淋的詩

外面的風很冷

踮腳凝神，雙手奮力排開

不要有一隻腳留在外面

歷史的外面

外面的風很冷

翻書

從序言翻到最後的結語
只想翻到有你佔領的那一頁
兩眼一接觸
便電光石火的那一頁

釘

無非是錘擊

無非是作用力加反作用力

無非是我鐵質的尖銳

對抗彼木石之薤粉

遊覽車上

只要一轉彎

那少婦的一記旋身

就把她自己

開成了彩色世界

播種

就該注定被寒流拖住時程嗎？
春天慷慨的走來說：
會以薰風為你暖身
會用千手千眼來為你播種

立春

聽說春天就要來了

花兒們都會爭先恐後的熱鬧

誰猜得出那個扭捏勁兒

是向誰獻媚，還是獻身？

霜降

水在瓶中困居回想曾經的狂放
翻手為雲覆手作雨之後的之後
許是變臉太多，變裝太快、
一夜之間裝點出哈欠般朦朧秋光

天下

風停靠，雨停靠

太陽從雲上經過

看到眼下烏漆抹黑一大片

什麼也沒說便趕快溜走了

吃蝦

真行，它們

眼看已只剩下軀殼

猶躬縮著身子

獻出血色的虔誠

痛

痛是抗體在勦滅致命的靈頑
壞細胞瘦在皮下也蠢動難安
嗜睡者仍在閉著眼管他娘去
天雷也吼不走那痛點的蠻纏

傷疤

這是失血時留存下的沉重
像鐘擺樣一時一刻在提醒
別忘曾經有過的貼身憂傷
和金屬撞擊帶來的驚恐

聞笛

你要穩穩守住呵
從那圓潤的七個小孔裡
會拼命擠出一大群蜂鳥
訴說針尖般細巧的心事

嫦娥怨

全是因為幾分姿色

夜夜等候天外飛來的郎君

車已走，塵未消，語音不通

徒恨阿姆斯壯遲未出生

雞鳴

曾經鳴過，那隻公鷄
一見天光即大放大鳴
總想振聾發聵
告訴大家現在已是黎明

七里香

和秋風一樣清秀單薄
出落得總是無寄無依
為了留下伊人的形像
以特有的香味釋出心情

對應

看到的風景好的壞的
可能立即消隱
留下的身影醜的美的
一定歷時常存

寄居蟹

從大江大海莽撞過來的
怎會在這淺淺水圳觸礁
唉！即使避居在被棄的螺殼
風浪仍不放手，無處遁逃

徒勞

光亮的鏡面是無聲的陷阱
掉進去了以為是榮耀滿身
在古井裡面死命爬桿撐跳
可以肯定得不到半粒掌聲

任誰

任誰的背後都有道隱形密網
無論老少粗細都會困住蒙難
獨留旁立觀望的一堆青塚
淡定的默默伴守空茫

染色體

一

見到我之蒼白如洗以後
她說應當加些維生素呀什麼
變得稍微紅潤些的
失敗之後始知某原非染色體

二

當夜之黑潮洶湧而來的時候
連廊簷下的玉蘭花也不潔了
猶擁一燈獨坐，弧光遠爆千里
這才憶及自己真不是染色體

聆歡樂頌
——致席勒

他用歌聲否定一切的偉大

卻也揭示了一切快樂的成形

東方，烏雲的帷幕慢慢捲走

西天，露出陣陣脆亮嬰兒笑聲

鴿子

千山、鳥飛絕了之後

廣場上鴿子便是唯一的翱翔

甚至可在銅像頭頂伸腿亮羽

你們！還有什麼其他好響往？

抉擇

一百度沸騰，九十度鞠躬
85度C在拐角咖啡香誘人
而我這號無聊饕客
總是往最美味的一方搶近

九份歸來

以眼以腳打量這山城四處之後
他說再來一份便十全十美
阿難說這九份重的美景
已足夠回眸，多便承受不了

囑咐
——憶母親

肯定一生會有很多轉折的
兒時母親指著村外道路叮嚀
生活過八十多個寒暑的崎嶇
隨時仍會記起她這份慈心

鷺鷥

凡有翅的都天天天藍自由熬翔

我卻在水田中一直罰站

還好一隻腳可以獨立思考

面對眼前一汪濁水祈求平安

曇花

一生苦短不夠寫下兩首詩
第一首功力全用在花開富貴
緊接著的一首題尚未定
要命的頭就垂掛在一旁

和平共存

插座總是張著嘴歡迎異物入侵
無非想引起電光石火的騷動
插頭則痴等一場轟烈挺進
接火以後從此和平共存

隱喻

一片羽毛在鳥的翅膀上是飛翔

一張葉片在樹的枝枒上是風向

一葉扁舟顛簸在海浪邊是冒險

一句口號撥弄在舌尖自瀆示範

發問

執意對著一面夯土墻蠢蠢發問
坑坑巴巴的臉上顯出多見多聞
面對這樣阿Q式的窮究
土墻笑問為啥不去作正義轉型

秦俑

別看我們灰頭土臉的神情
這才是如假包換的歷史
你們有誰曾經
兩千二百年不見天日

緣溪行

只看到一條條魚嬰
在風雨中排列前行
除了偶爾吐一點點泡沫
一路都很乖順

火把

目盲後終於知道
火把為何總會無趣地熄去
原來凡已寂滅成黑道的
再也毋須多事的光明維護

地震

地球才不過稍一欠身

這城市便有山搖地動的惶恐

可知待釋放的那股積怨

馱伏得有多沉重

落翅

一聲驚呼

妻的垢面從晨光中白了過來

只見滿階

橫躺著昨夜沉重嘆息的落翅

前輩

永遠別希冀後面傳來的

那一聲響叮噹的前輩

小心就像數點得薄薄的

一路在貶值無人拾取的錢幣

革石篇

一

流水不斷以激辯的語言
不信傳言中頑石曾經點頭
如有猙獰的頭首
豈會賴此險灘一直不走

二

兩山間如隔夜夾擠過的
一塊塊「靠得住」的石頭
仍然一點也不溫柔
時間也未將頑強壓趨

三

石頭也有哀歌的時候
貼身的青苔聽得清楚
薄霧似的超低沉渾厚
全被趕路的水聲帶走

四

石頭花整生的思索
苦心經營出歎息的詩一首
除了孤獨寂寞
仍是寂寞孤獨

五

枯籐丈量過好多個晨昏

石頭總估不出自已的厚度

水中看是扭腰的軟骨

水線上常有勃起的徵侯

六

風雨斧銼下它周身的醜陋
無非想和完美一樣天長地久
不服氣的霜雪頻頻擦拭
想還它以原色的石頭

七

值此棄聖絕智的時代
一頁頁頁岩的信史無人細讀
好奇的山鷹偶來琢磨
每一頁都落滿荒涼的塵垢

空、有

不久這地球將逐漸抽痛成真空

不久這宇宙將真正歸零為妙有

一切回復平靜，再也不用對誰說

「我好愛你呵！」一片假惺惺

私見

在捷運車廂看到碧果一束花

在公車座上瞧見向明一方夜

可在當下既非花花世界

也不可能夢中夜夜笙歌

藍白拖

不幸偏偏要被踩在腳底

忍受長年發臭的腳氣病

從來一洗就痛的遍處紅腫

只好以藍白色彌補觀瞻上平衡

夜

夜

夜已頒下
黑色的禁令
只有燈・走出來
潑開的談論
光明

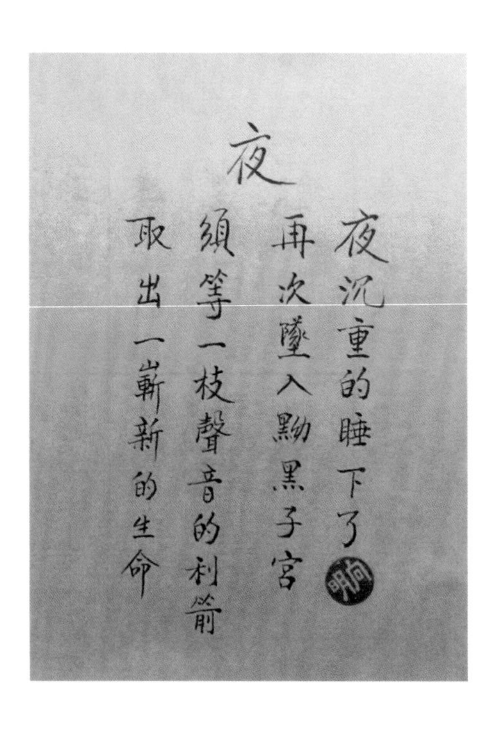
夜
夜沉重的睡下了
再次墜入黝黑子宮
須等一枝聲音的利箭
取出一嶄新的生命
向明

夜

過濾掉一切喧嘩之後
夜也睡了
只有蛙聲
不急不徐宣稱清醒

雪

從遠遠北方來到南方山頭
悄悄的，白白的跑來流浪
沒看出一絲絲興奮
只感覺帶來一點點淒涼

雨徑

從沒有聽說過誰
會開一條路讓雨從容的
從身邊走了過去
除了天空，總一貫大方

突然四行

一

突然發現
生命不過是一塊冰
一面存在
一面消溶

二

突然發作

前路既然堵車不順

拒看路標

也懶天問

三

突然發覺
白髮已不止三千丈
無數待變
無窮增生

四

突然發生

時間偷偷停止蠢動

分針遲鈍

秒針打盹

五

突然發願

溫柔亦可，憎惡也行

已近黃昏

管它陰晴

2014/1/9

重量

肯定只是一莖掉落的羽毛
落在哪裡都不可能撞得聲響
蠹魚每日在書堆中進補
一生也達不到一逗點的重量

不要

不要到處都看到我的詩

如是珍品不該隨便示人

如果不幸是膺品

肯定會被噓聲當場擊中

任其腐爛

就讓他們認真的腐爛吧
那些吃果子不拜樹頭的
就讓他們腐爛，他們腐爛了
會給土地肥沃，世間反而安詳

喧鬧

聖壇前的喧鬧刺耳如蛙鳴
名嘴毒舌耍自娛愚人本領
明明是多嘴的烏鴉在鬥狠
都說他們是真理的代言人

旁門

天生我才乃廢品又生不逢辰

成不了高貴的器皿裝飾廟堂

更別想高架成棟樑，供奉公卿

一腳踏進詩這種自慰的旁門

2017/5/25晨

門鈴

有人嗎？

我是詩，詩在叫門

怎麼會呢？

詩是誰，聽來陌生

某類生物

仍活在六朝

仍在不斷的怪談

一旁正夯的AI搖頭說

化石是天雷也震不醒的智障

燈下讀詩

危險喲！在通明透亮燈光下
不用鑿壁偷光去看詩
那僅值幾毫子薄的情思
便會裸露得，看到私處

醒來

漆黑中那怕只有一丁點光

醒來都會很心安

就算成了赤條條的蛔蟲

都不會臉紅

邊際

總有層層欄柵在阻擋
心的門扉隨時得緊閉設防
總有不安的驟雨在醞釀蠢動
總有動機不明的歪風想闖關

2016/3/21

空地

多想有那麼一處所在

那兒寸草不生

空曠得藏不住一隻鳥蹤

站在那裡才真覺，旁若無人

2017/5/20

寫詩諸事

一

是一件毫無道理的事
憑什麼把初夜落紅說成灼灼桃花
是一件極不道德的事
揩李杜的油，偷吃卡夫卡廚餘

二

是一件極丟醜的事
效颦卻說苦思，抄襲乃無心過失
是一件騙盡天下癡呆的事
頭腦顯然弱智，宣稱寫出禪詩

三

職業欄裡從無詩這行業
理想國絕對禁止詩人進入
詩人所到之處必有人猛吐口水
有誰去救助危岩邊的所謂詩人

身份

從小就非正室

姿色也不夠小三

縱然長夜燃著薰香

也只樂了撿便宜的小販

午後陣雨

一陣嚎啕大哭之後

雷吼也未必怒氣全部釋放

徒有每日必詩的騷人

才會趁機淚酸它幾行

日上三竿

那太陽從夜的小腹傻傻爬上
那麼費力為的麼事呀？
難道真的只是想高居在
那三根枯瘦挺直的竹竿

吃相

好看難看都只是各自偏見

就像藥片裹上糖衣

死或活也只在一線之間

管他娘，飽餐一頓再講

汙濕

如果只為乾燥不會使痛風惡化

那也別讓風雨汙濕裙子了

內憂與外患總會接踵而至

這仗打得天地都會瘀青

2017/6/16

附錄　詩變

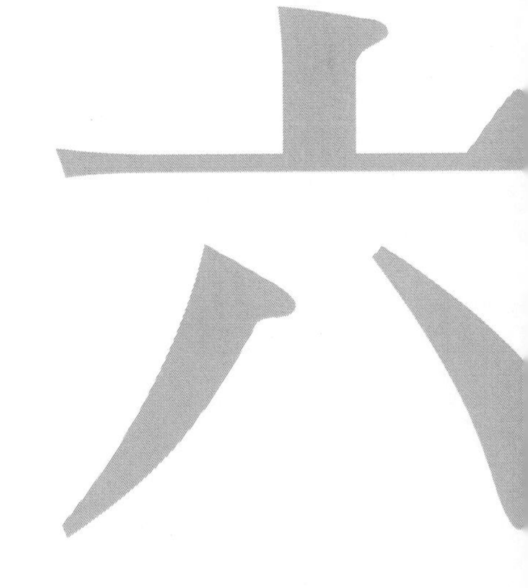

零碎三行

一

一生就這麼一小·
頂多是短短的
一根————————

二

說到合夥
多半會選自己的
黑白無常

三

作真空中的萬有
成萬有中的虛無
追求極簡

四

想怎麼渡過寒冬
學學白雪
勇於以清白相擁

五

別問通向哪裡去
到處都有路
只要你會自由行

此三行組詩原印在「向明詩展」的DM背面，在傳送至北島的「詩生活」論壇時，貼出來「三行詩」的中間那一行全都消失，全變成極簡的兩行詩，看來卻又與三行詩的原意完好無損，修整得有如神助。中間那一行看來本屬多餘，想及大陸現正流行一種所謂「截句詩」，我這三行截成如下極簡兩行，不知算不算？

極簡兩行詩

一

一生就這麼一小·
一根——————

二

說到合夥
黑白無常

三

作真空中的萬有
追求極簡

四

想怎麼渡過寒冬
勇於以霜雪相擁

五

別問通向哪裡去
只要你肯自由行

2016/11/23

零碎三行　之二
——北海岸記憶

一

石門洞開

卻一直走不過去

前面是咆哮的海

二

老梅又著花了

一路之上

景色絕對勝過開元

三

來到淡水

真的一點也沒鹹味

儘管海，就在它身邊

四

金山到了

絕不是來淘金

陽光海水交配燦麗遠景

五

富貴角好寂寞呵！

燈塔白天不能睜眼

腳下太平洋也不太平

六

鵬程萬里是港灣裡面

遠洋漁船的好夢

好康是會活蹦亂跳的魚群

七

阿里磅是梅新初出道
教孩子寫詩的小地方
而今人見人怕的核能電廠

註：此詩中的地名石門，老梅，淡水，金山，富貴角，阿里磅及萬里都是當年年輕時我們曾經駐留過的地方，詩人梅新軍中追伍後，曾在阿里磅一間小學教書，現今已找不到這個地名。

三行變極簡二行
——北海岸記憶

一

石門洞開

前面卻是咆哮的海

二

老梅又著花了

景色絕對勝過開元

三

來到淡水
儘管海，就在它身邊

四

金山到了
陽光海水交配織金遠景

五

富貴角好寂寞呵！
腳下太平洋一點不太平

六

鵬程萬里港船的夢想
好康是會活潑跳躍的魚群

七

阿里磅是教孩子寫詩的好地方
而今是人見人怕的核能電廠

註：此詩中的地名石門，老梅，淡水，金山，富貴角，阿里磅及萬里都是當年年輕時我們曾經駐留過的地方，詩人梅新軍中追伍後，曾在阿里磅一間小學教書，現今已找不到這個地名。

臺灣詩學25週年　截句詩系01　PG1898

向明截句：
四行倉庫

作　　者／向　明
責任編輯／辛秉學
圖文排版／周好靜
封面設計／楊廣榕

發 行 人／宋政坤
法律顧問／毛國樑　律師
出版發行／秀威資訊科技股份有限公司
114台北市內湖區瑞光路76巷65號1樓
電話：+886-2-2796-3638　傳真：+886-2-2796-1377
http://www.showwe.com.tw
劃撥帳號／19563868　戶名：秀威資訊科技股份有限公司
讀者服務信箱：service@showwe.com.tw
展售門市／國家書店（松江門市）
104台北市中山區松江路209號1樓
電話：+886-2-2518-0207　傳真：+886-2-2518-0778
網路訂購／秀威網路書店：http://store.showwe.tw
國家網路書店：http://www.govbooks.com.tw

2017年11月　BOD一版
定價：320元

國家圖書館出版品預行編目

向明截句 : 四行倉庫 / 向明著. -- 一版. -- 臺北
市 : 秀威資訊科技, 2017.11
面；　公分.-- (截句詩系 ; 1)
BOD版
ISBN 978-986-326-480-4(平裝)

851.486　　　　106018128

讀者回函卡

感謝您購買本書，為提升服務品質，請填妥以下資料，將讀者回函卡直接寄回或傳真本公司，收到您的寶貴意見後，我們會收藏記錄及檢討，謝謝！

如您需要了解本公司最新出版書目、購書優惠或企劃活動，歡迎您上網查詢或下載相關資料：http:// www.showwe.com.tw

您購買的書名：________________________________

出生日期：________年________月________日

學歷：□高中（含）以下　□大專　□研究所（含）以上

職業：□製造業　□金融業　□資訊業　□軍警　□傳播業　□自由業

□服務業　□公務員　□教職　□學生　□家管　□其它____

購書地點：□網路書店　□實體書店　□書展　□郵購　□贈閱　□其他

您從何得知本書的消息？

□網路書店　□實體書店　□網路搜尋　□電子報　□書訊　□雜誌

□傳播媒體　□親友推薦　□網站推薦　□部落格　□其他________

您對本書的評價：（請填代號　1.非常滿意　2.滿意　3.尚可　4.再改進）

封面設計____　版面編排____　內容____　文／譯筆____　價格____

讀完書後您覺得：

□很有收穫　□有收穫　□收穫不多　□沒收穫

對我們的建議：________________________________

____

____

____

請貼
郵票

11466
台北市內湖區瑞光路 76 巷 65 號 1 樓
秀威資訊科技股份有限公司 收
BOD 數位出版事業部

....

（請沿線對折寄回，謝謝！）

姓　名：＿＿＿＿＿＿＿＿＿＿　年齡：＿＿＿＿　性別：□女　□男

郵遞區號：□□□□□

地　址：＿＿＿＿＿＿＿＿＿＿＿＿＿＿＿＿＿＿＿＿＿＿＿＿＿＿

聯絡電話：(日)＿＿＿＿＿＿＿＿＿＿＿＿　(夜)＿＿＿＿＿＿＿＿＿＿＿＿

E-mail：＿＿＿＿＿＿＿＿＿＿＿＿＿＿＿＿＿＿＿＿＿＿＿＿＿＿